AF509702

ODE.

SVR LA CONSER-
VATION DE LA
FRANCE.

A ROVEN,

Chez IEAN OSMONT, dans
la Court du Palais.

1602.

O D E.

SVR LA CONSER-
VATION DE LA
France.

Iste, que chacun coure au Temple
Se prosterner deuant l'Autel,
Le subiet qui s'en offre est tel,
Qu'il n'a point encor eu d'exẽple:
Que tous nos piliers esleués
Portent sur leurs flancs engraués
Les traits de nostre deliurance;
Et qu'on lise au front des portaux,
L'heureuse fin de tous les maux,
Qui menaçoient toute la France.

A ij

Sans foudre s'est paßé l'orage,
Qu'vn Daimon sembloit enflammer,
Pour ce Royaume consommer,
Ignorant son propre dommage:
Il rencontre par l'heur du sort,
Deuant le naufrage le port;
Le calme préuient sa tempeste,
Et les tourbillons noircißans,
Dedans l'air s'esuanouißans,
Font luire vn serain sur sa teste.

A ce coup sa route à franchie
La grande Reuolution,
Qui promettoit l'euersion
De ceste illustre Monarchie:
Et ne luit plus au Ciel pour nous,
Que des Astres benins & doux,
Qui s'accordent auec nos Parques,
Filantes encor' vne fois,
Autant de grandeur à nos Roys,
Qu'en ont eu nos premiers Monarques.

Sus donc,que comme vn grand tonnerre,
S'esclattent nos cris redoublés,
Et l'vn auec l'autre assemblés,
Courent les deux bouts de la terre,
Pour annoncer aux estrangers
L'auortement de nos dangers,
Dont ià s'appareilloit la couche;
Afin que les bords esloignés,
De l'extresme Ocean baignés,
Le reçoiuent de bouche en bouche.

L'Espagne aueugle d'arrogance,
Minutant vn effort nouueau,
Pensoit mettre en vn seul tombeau
Le Roy, les Princes,&) la France:
Et ceste aduersaire Iunon,
Enuieuse de nostre nom,
Resueillant sa rage homicide,
Sollicitoit deux fiers serpens,
D'aller secrettement rampans,
Estouffer nostre ieune Alcide.

Mesme, afin que tout elle tente,
Marchandoit possible vne main,
Pour tremper le fer inhumain,
Au sang de sa mere innocente,
Qui demeure autant en bonté
En modestie & chasteté
Entre les femmes sans seconde,
Que son mari nostre grand Roy
Passe de courage & de Foy,
Les autres Monarques du monde.

Mais cest Astre clair de la terre,
Qui luit de la splendeur des Cieux,
Pour rauir les cœurs & les yeux,
Aussi bien en paix comme en guerre;
Ce Prince auquel ont combattu,
Et la Fortune & la vertu,
Pour en former vne merueille;
Meritant estre aimé de tous,
Excite en son esprit ialoux
Vne inimitié nompareille.

Lors que du Gouuerneur supresme
Elle apperçoit la volonté
Incliner deuers son costé,
Son transport se fait tout extresme:
Et bien, dit-elle en menaçant,
D'vn cœur au ventre bondissant,
Et d'vne face toute esmeuë;
Si ie ne puis fleschir les Cieux
A mon dessein audacieux,
Il faut que l'Enfer ie remuë.

Soudain, de cholere emportée
Elle court rechercher Pluton,
Au creux de l'abisme glouton,
Qu'emmure l'onde Acherontée.
Prince des lieux tristes & noirs,
Où sont les horribles manoirs,
Crie alors sa bouche damnable,
Ie te viens trouuer maintenant,
Plaine d'vn esprit forcenant
Apres vn effet execrable.

C'eſt moy qui d'vn milion d'ombres

Faites par mes arts odieux
Veufues de la clarté des Cieux,
Repeuplay tes Royaumes ſombres;
Tant qu'vn iour Charon ſe plaignoit,
Que ma fureur l'embeſongnoit
Apres vn labeur trop durable,
Et que ſon bras eſtoit laßé
D'auoir tant de fois trauerſé
Le fleuue aux morts non repaſſable.

Alors ie te vis me ſous-rire,

Ayant de bon cœur reconnu,
Que tu m'eſtois beaucoup tenu
D'auoir tant accreu ton Empire;
De ſorte que quand ie voulois,
Ton ſçeptre receuoit mes loix,
Et ſe rendoit plus volontaire
A tous les effets impieux
Des mes mandemens furieux,
Que ie n'eſtois prompte à les faire.

Mais

Mais n'ayant peu par force ouuerte,
Faire de la France vn desert;
N'ayant peu par mon dol couuert,
Auançer sa derniere perte:
N'ayant peu son Lis arracher,
Ni fleſtrir, ou faire sécher
Les belles teſtes qui l'honorent,
Depuis toute plaine de dueil,
Quelle ait surmonté mon orgueil,
Mes propres fureurs me deuorent.

Releue mon triſte courage
Trop long temps abbatu de peur;
Montre par vn effort vainqueur,
Que sa valeur cede à ma rage.
Pour ceſt effet daigne aſſembler
Les Monſtres qui font tout trembler
Et deſſus & deſſous la terre;
De ceſt amas fier & hideux
Je n'en veux prendre qu'vn ou deux
Pour m'aſſiſter en ceſte guerre.

B

A ces mots Pluton le ſeuere
Sentant ſon courage flater,
Feiſt ſur ſon viſage eſclater
Vn ſous-ris meſlé de cholere.
Puis branſlant ſon poil heriſſé,
De viperes entrelaſſé,
D'vne voix imitant l'orage,
Quand il lutte aux flots de la mer,
Que d'ahan il fait eſcumer,
Ouure la bouche à ce langage.

Monſtre que touſiours accompagne
L'enuie (et) la ſedition,
Fille de la préſomption,
Qui naſquis aux ſables d'Eſpagne,
Mon œil a bien leu dans ton ſein
L'hiſtoire de ce haut deſſein;
Je le louë & l'approuue encore,
Tout preſt d'y donner du ſecours;
Car ce n'eſt depuis peu de iours,
Que ton impieté m'adore.

Dispose de tout mon Empire:
L'Enfer par mon consentement,
Se range à ton commandement,
Et ton seul seruice respire,
Esperant estre couronné,
Pour l'aide qu'il t'aura donné,
Quand tu planteras le trophée
Sur le miserable tombeau,
Où son sacrilege flambeau
Reduira la France estouffée.

Il n'eut pas dit, qu'à la mesme heure
Il arrache du ratelier
Un Cor pendillant au colier,
L'effroy de la pasle demeure.
Il l'embouche, & soudainement
L'Enfer tout plain d'estonnement,
Du fonds iusques au comble tremble,
Et le Conseil des noirs Démons,
A ce bruit horrible semons,
Dans la salle ardante s'assemble.

B ij

Comme en la fourmiliere esmeuë
Par la houlette du Berger,
Le petit peuple mesnager
Tout pesle mesle se remuë:
Et comme sous l'ardeur du Ciel,
Vn essain de mouches à miel,
Au son de l'airain s'amoncelle
A l'entour de quelque rameau,
Ainsi fourmille ce troupeau
Autour de Pluton qui l'appelle.

Là se trouuent en mille formes,
Des Phantosmes larges & longs,
Des Geans hideux & felons
Montés de Chimeres enormes,
Des dragons la gorge s'enflans,
Des Serpens, des Hydres sifflans,
Des Centaures & des Harpies,
Des Sphinx, des Satyres cornus,
Et d'autres Monstres inconnus
Citoyens des antres impies.

D'autre part en la ſalle arriuent
Tous les vices qui des humains
Agitent les cœurs & les mains,
Et de conſcience les priuent
Juſques à perdre toute horreur
De ſe plonger dedans l'erreur:
Auſſi l'Enfer qui fait la guerre
A tous les mortels malheureux,
Afin de les vaincre par eux,
Les entretient deſſus la terre.

D'vn coſté paroiſt l'Auarice,
La Cruauté, l'Ambition,
L'Enuie & la Diſſention,
La Conuoitiſe & l'Iniuſtice:
De l'autre on void l'Impieté,
La Haine & la Deſloyauté,
Et la Peur qui ſans ceſſe tremble;
Mais ſur le milieu s'eſt poſé
Un vice de tous compoſé,
Qui les ſurpaſſe tous enſemble.

Ce vice a l'œil farouche & rude,
Au mouuement prompt & hautain,
Au parler indiscret & vain,
Est appelé l'Ingratitude:
Son poing d'vne coupe est rempli
Dont il puise aux flots de l'Oubly
Son plus delectable breuuage,
Duquel aualant à long traict,
Tous biens-faits sans aucun regret,
Il efface de son courage.

Soudain que l'Espagne arrogante
Tourne l'œil sur ce Monstre icy,
Elle crie, Adieu tout soucy,
Voila celuy dont ie me vante:
S'il se veut ioindre à mon effort,
Nul des mortels n'est assez fort
Pour empescher mon entreprise,
Armast-il cent mille Guerriers;
Qu'on me prépare des Lauriers,
Ie tiens la France pour conquise.

De ces paroles desloyales,
Ceste fiere aueugle d'orgueil,
Se glorifie en plain Conseil,
Deuant les troupes Infernales.
Lors Pluton abaissant le Chef,
Luy fait caresse derechef,
Et ce qu'elle demande accorde,
Permettant qu'auec son secours,
Elle sorte des noirs destours
De l'Enfer sans misericorde.

Estant rentrée en la lumiere,
Le fier Monstre quelle menoit,
A chasque pas se retournoit
Deuers sa demeure premiere,
Et sembloit son œil tenebreux
Regreter le seiour ombreux,
Qui le couuroit d'horreur extresme;
Car quand sous les rayons du iour
Il se peut voir tout alentour
Il eut grand' honte de luy mesme.

    Toutesfois reprenant courage,
De sa nature il se souuient,
Et sa Guide qui l'entretient,
L'anime tousiours dauantage:
Si bien que leurs pas compagnons
Arriuent aux champs Bourguignons,
Où se promenans quelque pose,
Tentent vn illustre Guerrier;
Ayans bien reconnu premier,
A quoy son orgueil le dispose.

    L'Espagne superbe appareille
Des thresors pour charmer ses yeux,
Et des tiltres ambitieux
Pour flater sa credule oreille.
Il accepte le don offert,
Et pour ne le perdre se perd:
Car le Monstre estant auec elle
Darde vn serpent dedans son cœur,
Qui s'en estant rendu vainqueur,
Fait d'vn seruiteur vn rebelle.

Depuis

Depuis son ame mercenaire,
Banissant de soy la Raison,
N'agite que sa trahison,
Et les moyens de la parfaire:
L'image de son grand Henri,
Duquel il fut le fauori,
Ne reuient plus en sa memoire,
Et dépourueu de iugement,
Ne considere sagement,
Que sa fortune fut sa gloire.

Mais sur ce point l'Ange fidelle,
Qui par le decret eternel,
Conserue d'vn soin paternel,
La France mise en sa tutelle,
De la terre volant aux Cieux,
Se presente au pere des Dieux,
Qui tousiours l'équité segonde,
A requoy le trouuant assis
Entre son Esprit & son Fils,
Sur la grand' machine du monde.

C

A ſes flancs cent legions d'Anges,
Par luy ſeul rendus bien-heureux,
De ſa gloire ſeule amoureux,
Chantent à l'enui ſes loüanges;
Apres eux l'innocent troupeau,
Blanchi dans le ſang de l'Agneau,
Reprend leurs paroles dernieres;
Et de ſes mains applaudiſſant
A ce Monarque tout-puiſſant,
Luy fait cent ſortes de prieres.

Si toſt que le Démon de France,
Deuant ſes pieds fut proſterné,
Doucement vers luy retourné,
Il montre vn front de bien-veillance;
Et iaçoit qu'il n'ignore rien
De ce que l'on fait mal ou bien,
En tous les quartiers de la terre,
Seruant comme d'ame à ſon corps,
De ce qui le menoit alors,
Ne laiſſe pourtant de l'enquerre.

Noſtre Ange prenant la parole
D'vn acçent modeſte & tremblant,
Et quelques ſoupirs redoublant,
En ces triſtes mots ſe deſole.
Eſt-il donc eſcrit au Deſtin,
Que bien toſt commence la fin
De ceſte grande Monarchie,
La terreur de ſes ennemis,
Laquelle en mes mains tu commis
De tant de faueurs enrichie?

Grand Roy de l'eternel Empire,
Souffriras-tu que le François
Contraint à de nouuelles loix,
Sous vn ioug barbare ſoûpire?
Et que changeant ſes douces meurs
À des arrogantes humeurs,
Sa franchiſe en vn vil ſeruage,
Ses bons Rois en de fiers Tyrans;
On ne iuge qu'aux demourans
De la grandeur de ſon naufrage?

Quoy! l'ardeur de tant de seruices,
Qui te sont offerts chacun iour,
Au lieu de gagner ton amour,
N'obtiendra donc que des supplices?
Tant de vœus presentés à toy
Qui sont engendrés de la Foy,
Et conçeus de vraye Esperance,
Bastards se verront-ils prouuer?
Apres l'auoir voulu sauuer,
Seigneur, veux-tu perdre la France?

Jette l'œil sur ce qui se trame
Entre des hommes insensés,
Dont les proiets bien auancés
S'en vont ressusciter la flame
De ses feux n'agueres estains,
Par moy l'instrument de tes mains
A son salut comme à ta gloire;
Pour entonner ioyeusement
Sur son dernier embrazement,
Le Cantique de leur victoire.

Embraſſe, ô Seigneur, ſa deffence:
Tu ne t’es iamais repenti
D’auoir veillé pour le parti
Qui s’endort en ſon innocence.
Si la France laſſe du faix
De la Guerre, au ſein de la Paix
Vn peu nonchalamment repoſe;
Eſt-ce à dire, ô ſouuerain Roy,
Qu’il faille ſous ombre de foy
Qu’à la trahir on ſe diſpoſe?

Hé! que deuiendra la Iuſtice
Eſtablie entre les humains,
Si l’eſprit, le cœur, & les mains,
S’engagent tellement au vice,
Que deſormais il ſoit permis
De meurtrir ſes propres amis?
D’vzer de trompereſſes larmes,
De ſermens feints ſur les Autels,
Pour dreſſer embuſche aux mortels
Ignorans ces perfides armes?

O l'homme trois fois miserable
Au prix de tout autre animal,
Si meslant le bien & le mal
Il n'a plus rien d'inuiolable:
S'il fait regner vne saison,
Où lon doit banir la Raison,
Comme dommageable tenuë;
Et si le saint respect des Rois
Enioint de Nature & des loix
N'est plus rien qu'vne ombre inconnuë.

Vois-tu pas ceste Ame rebelle,
Qui pour ne te connoistre point
Dans le sacré sang de ton Oinct
Veut rougir son bras infidelle?
Mais seroit-ce l'arrest du sort,
Qu'vn lasche & detestable effort
Causast les tristes funerailles
D'vn Prince, qui cent & cent fois
S'est exposé pour les François
Au front des sanglantes batailles?

Non non, toute main desloyale
Quite le sacrilege fer,
Il ne doit iamais triompher
De ceste ame auguste & royale:
Tu la soignes trop cherement
Pour l'abandonner vn moment,
Faisant d'elle seule dépendre
Le salut de tant de Chrestiens,
Que ton cher fils a rendus tiens
Aux hommes s'estant voulu rendre.

Si pour luy tu sauuas la France,
Pour elle tu le sauueras;
Son ferme Bouclier tu seras,
Comme il est sa targue & sa lance:
Aussi son bon-heur & le sien
Estreins de ce nœud Gordien,
Qu'en ton cabinet tu resserre,
Si toy-mesme ne veux fraper,
Ne se peut rompre ni couper
Par aucune main de la terre.

Je reduirois en ta memoire
Ceste rare & chaste Beauté,
Compagne de sa Royauté,
Du throsne la seconde gloire;
T'esmouuant au recit d'vn nom
Tant celebre par le renom,
Qui de ses vertus prend naissance;
Si par mille bien-faits passés,
Je ne reconnoissois assés,
Qu'elle a part en ta souuenance.

Car que peut l'ame bien-heureuse
Souhaiter d'vn desir parfait,
Dequoy ne iouisse en effet
Ceste Princesse genereuse?
Quel vœu son cœur a il produit
Dont elle ne cueille du fruict
Passant les fleurs de son attente?
Et quelle gloire & quel honneur
Ne se promet encor son heur,
De la felicité presente?

Ne tari

Ne tari le cours de ta grace,
Qui va sur son chef ruisselant,
Mais nulle autre ne l'egalant,
Fay qu'en fin soy-mesme elle passe;
Afin que de ce grand Henri,
Du Ciel & des hommes cheri,
Soit digne la seule Marie,
Qui rend son sexe glorieux,
L'oyant reputer en tous lieux,
Du Ciel & des hommes cherie.

Aussi veux-tu que lon estime,
Celle qui du sçeptre François,
Possedé par tant de bons Rois,
Porta l'Heritier legitime,
Auquel tu promis en naissant,
Qu'on verroit apres son Croissant
Fourni de quatre ou de cinq lustres,
Luire plus d'vn siecle durant,
Qu'en terre il seroit demeurant,
Le plain de ses vertus illustres.

D

Si ceste promesse est certaine,
Comme en faire difficulté,
Seroit par trop d'impieté,
On brasse vne entreprise vaine,
Et (quoy que l'Enfer odieux,
Afin de l'executer mieux,
Se mette à la solde d'Espagne)
Elle n'enfantera iamais,
Le fruict esperé des mauuais,
Ainçois demeurera brehaigne.

Toutesfois il est bien tost heure,
D'oster le bras hors de ton sein,
Pour faire que ce fol dessein,
Auant que pouuoir naistre meure.
Considere que le François,
N'a secoué de son harnois,
La poudre de tant de batailles,
Et que le fer qu'il porte au flanc,
Est encor' tout yure du sang
Tiré de ses propres entrailles.

Comme au corps humain, en l'Empire
Menacé du fort mal-heureux,
Bien que tout mal foit dangereux,
La recheute eft toufiours la pire.
La France ayant eu tant d'acçés,
Caufés par fes propres excés,
A la fin fe trouue guarie;
Mais elle eft prefte de recheoir,
Si bien toft tu n'y veux pourueoir,
Et par toy-mefme ie t'en prie.

Car de moy, ta grandeur fuprefme,
M'ayant fait pour luy préfider,
Dedans fon Throfne refider,
Qui n'eft fondé que fur toy-mefme;
Je ne veux ni ne doibs auffi
Entreprendre rien en ceci,
Que ta bouche ne me l'ordonne:
Me referuant tant feulement,
L'honneur d'obeïr promptement,
S'il te plaift fauuer fa Couronne.

D ij

Ici met le frein à sa langue
L'Ange protecteur des François,
Qui se courba iusqu'à trois fois,
Ayant acheué sa harangue.
Lors le grand Empereur des Cieux,
Enclinant son chef glorieux,
D'vn soubs-ris esgaya le Monde,
Puis responce ainsi luy donna;
Mais des premiers mots qu'il tonna,
S'estonna la voûte profonde.

Ie suis qui suis & qui doibs estre;
La fin & le commencement;
Je dépends de moy seulement;
Pour moy le Monde i'ay fait naistre
Au temps iustement limité,
Dans ma secrette Eternité,
Du vent sacré de ma parole,
Et tout ce qu'il clot spatieux
En la terre, en la mer, aux Cieux,
Qui marche, qui nage, ou qui vole.

Aussi, sous ma haute puissance,
Que i'exerce sans trauailler,
La mer fléchit, la terre, l'air,
Et tout ce qui d'eux prend naissance.
Mesme l'Enfer oyant ma voix,
Reçoit mes souueraines loix,
Pressé d'vne serue contrainte,
Qui le martyre chasque iour;
Ce qu'il ne fait pour mon amour,
Le faisant pour ma seule crainte.

Quoy donc? l'audace temeraire
Et de l'Espagne & de l'Enfer,
Peut-elle en effect trionfer
De son dessein imaginaire,
S'il ne me plaist d'y consentir?
Et moy me dois-ie repentir,
Si de ma grace i'acompagne
Tous les gestes auantureux,
Des François, Peuple genereux,
Contre les trahisons d'Espagne?

Non certes, & de ma pensee,
L'image de leur grand Henri,
Que sur tous Princes ie cheri,
Ne peut iamais estre effacee;
De luy i'ay trop long temps eu soin,
Pour l'abandonner au besoin;
Et ne perdray point la memoire
D'Iury, d'Arques, & de Coutras,
Où ma main assistant son bras,
Voulut trauailler pour sa gloire.

Mesme vn soin paternel me touche
Pour ceste innocente Beauté,
Auec qui ce Prince indonté
Partage son sçeptre & sa couche.
L'ayant par vn rare bon-heur
Esleuée au comble d'honneur,
Ie veux qu'elle y demeure ferme;
Et que sur le Throsne François,
Elle enfante des nobles Rois,
Dont l'Empire n'ait point de terme.

Ja par ma grace on y remarque,
D'vn Dauphin le ſacré berçeau,
Dont la vie a le fil plus beau,
Que iamais ait ourdi la Parque.
C'eſt luy par qui ie me promets
Que ie briſeray deſormais,
Les fortes & ſuperbes cornes
Des Ottomans ambitieux,
Leſquels de la mer & des Cieux,
S'efforçent limiter leurs bornes.

Quant à ſon Pere magnanime,
Quoy que par l'aide de ma main,
Il apparoiſſe plus qu'humain,
Qu'on l'aime, le craigne, & l'eſtime;
S'il luy plaiſt il pourra dompter,
Quiconque taſche à l'affronter:
J'ay fait telle ſa Deſtinée,
Que ſa vigoureuſe vertu,
Qui ſans vaincre n'a combatu,
N'eſt d'aucun effect terminée.

Soit qu'il aille attaquer l'Espagne,
Ou la Sauoye au lasche cœur,
Qu'il a tant fait trembler de peur;
Ou les champs que la Meuse bagne:
Par tout ses vainqueurs estendars
Inspireront l'ame aux soldars;
Et si sa ieunesse indomptable
Fleurit en mille beaux effets,
On verra des exploits parfaits
Rendre sa vieillesse adorable.

Que si son âge l'admonneste
De quitter les soucis guerriers,
Pour vieillir dessous les Lauriers,
Qu'il porte desia sur sa teste;
Je veux qu'il viue desormais
En heureuse & profonde paix,
Au sein de sa femme fidelle:
Puis qu'il meure finallement,
Pour reuiure eternellement
Dedans la demeure eternelle.

Mais

Mais non pluſtoſt que du Royaume
Ne ſoit paiſible poſſeſſeur
Son legitime ſucceſſeur;
Afin que s'il prend le heaume,
Il n'eſpouuante point les ſiens,
Mais qu'aux ennemis des Chreſtiens
Il ſoit comme vn nouueau Comete;
Et s'ils ne deſtournent leurs yeux
Du vain ſeruice des faux Dieux,
Que tout deſaſtre il leur promete.

Ange, reua donc en la terre,
Inſtruit quelle eſt la volonté
De mon eternelle Bonté,
Perdre le germe de la guerre.
D'abondant mene auecques toy
La Iuſtice & la pure Foy;
Ces deux en France retournees,
Soubs le Regne heureux de Henri
Et de ſon fils mon fauori,
S'accompliront ces Deſtinees.

Ces mots finis, l'Ange modeste,
Qui void son affaire en bon lieu,
Ayant trois fois adoré Dieu,
Prend congé de la Cour celeste:
Et suiuant le commandement
Du grand moteur du Firmament,
La Foy le suit & la Iustice,
Qui coste à coste fendent l'air,
De la sorte qu'on void couler
Par la nuict l'estoille qui glisse.

Ils n'ont dans le vague liquide
Branlé les aisles quatre fois,
Qu'ils aduisent les champs François,
Ou leur bouillant desir les guide;
Et là promptement deualés,
Aduertir le Roy sont allés,
Qui cherchoit lors en sa pensée,
Quels moyens sont plus à propos,
Pour descharger de ses imposts
La France à son regret pressée.

Puiſſiés vous, vrais Tuteurs des Princes,
L'aſſiſter ſi fidellement,
Qu'ayant apaiſé prudemment
Le trouble ſecret des Prouinces,
Son peuple il vienne ſoulager
De tout ce qui peut l'affliger;
Et que franc de ciuile guerre,
Il donne ordre qu'en tous endroits,
Où pourront s'eſtendre ſes loix,
Le Ciel regne deſſus la terre.

A. M.